AF467428

LE
JUBILÉ ACADÉMIQUE,

OU

LA CINQUANTIÈME ANNÉE D'UNE ASSOCIATION LITTÉRAIRE:

Epitre à M. DUMAS, *Secrétaire de l'Académie Royale des Sciences, Belles-Lettres et Arts de Lyon,*

Lue à la Séance extraordinaire de l'Académie Française, du mardi 3 février 1818,

Par M. le Comte FRANÇOIS DE NEUFCHATEAU.

Atque mihi jàm puero cœlestia sacra placebant,
Inque suum furtìm MUSA trahebat opus.
OVID. 4. Trist.

A LYON,

De l'Imprimerie de J. ROGER, Grande rue de l'Hôpital, N°. 14.

1818.

LE
JUBILÉ ACADÉMIQUE,
OU
LA CINQUANTIÈME ANNÉE D'UNE ASSOCIATION LITTÉRAIRE.

ORGANE de l'Académie
Qui fleurit dès-long-temps dans les murs de Lyon,
D'une Muse livrée à la goutte ennemie,
Tu viens tenter l'ambition !
DUMAS ! ta lettre aimable en mon esprit réveille
Des souvenirs bien séduisans (1);
Ce baume endort mes maux cuisans.
Est-il félicité pareille
Au bonheur que Lyon, Nancy, Dijon, Marseille,
Me firent goûter à treize ans ?
Je rajeunis lorsque j'y songe;
Malgré la douleur qui me ronge,
Ces beaux jours me semblent présens.

O confluent heureux de la Saône et du Rhône !
C'est là que j'admirai la cité de Plancus (2).
Son climat tempéré partage notre Zône;
Là, toujours le bon goût fait voir clair à Plutus;

---

(1) M. DUMAS, chargé de faire à l'Académie de Lyon un Rapport sur mon Poëme *des Tropes*, m'avait fait l'honneur de m'en prévenir le 24 décembre dernier, et m'avait rappelé à cette occasion la date de ma réception à cette Académie en 1706. C'est le sujet de cette Epitre.

(2) L. Munatius PLANCUS fonda la ville de Lyon dans l'année de la mort de CICERON et de la naissance d'OVIDE. Ce fut un Romain célèbre, éclairé et voluptueux. On a sa correspondance élégante avec CICERON. Ce fut lui qui fit donner à OCTAVE le titre d'AUGUSTE. Horace lui adresse l'Ode 7me. de son 1er. Livre :

Laudabunt alii claram Rhodon, aut Mitylenen, etc.

Là, Mercure et les Arts sont sur un même trône
Avec les Muses et Phébus.
J'aime aussi de Lyon les campagnes voisines.
Que ces fleuves sont beaux ! que leurs bords sont fleuris !
Et Pomone, et Bacchus, préfèrent ces collines
Même aux environs de Paris.

Mais, du bas de la côte où la ville est assise,
Montez à son sommet ! quel plaisir vous attend
Au coup-d'œil unique, éclatant,
De Fourvière ou de Pierre-Encise (3) !
Le terrain inégal, à vos pieds incliné,
En relief à vos yeux soumet le Dauphiné.
De cette Province étendue
Vous comptez les clochers, les fermes, les châteaux,
Les fertiles vallons et les riches coteaux,
Déployés à perte de vue.
Les torrens, emportés d'un cours impétueux,
De loin vous montrent leur ravage
Par les déchiremens de leurs lits tortueux.
Plus haut, vous distinguez la région sauvage
Des pâturages montueux,
Qui semblent de verdure une mer sans rivage.
Plus haut sont les bois somptueux
Des Mélézes majestueux ;
Cèdres de nos climats, si chers à MALESHERBES (4),
Dont le souvenir vertueux
Se lie au noble aspect de ces arbres superbes.
Enfin, plus haut encor, quand la belle saison
Eclaircit jusqu'au bout cet immense horizon,
Des Alpes la chaîne bleuâtre
Livre à votre avide regard
Ce colossal amphithéâtre,
D'un côté de la Gaule éternel boulevard !
De degrés en degrés, d'étages en étages,

---

(3) Eglise et Château au-dessus de Lyon.

(4) Ce grand homme avait rapporté de ses voyages en Suisse un juste enthousiasme pour les Mélèzes ; c'est lui qui a le plus contribué à nous faire apprécier cet arbre, par les plantations qu'il en a faites, et par ce qu'il en a écrit et fait écrire,

L'œil suit le vaste amas de ces rochers glacés,
S'élevant à l'envi, l'un sur l'autre entassés.
Un seul, fier de ses avantages,
Dépasse de son front leurs fronts audacieux,
Et, géant des géants, pèse et règne sur eux :
C'est le Mont-Blanc. J'ai vu la neige éblouissante
De sa cime resplendissante
Qui déjà du Soleil réfléchissait les feux,
Quand pour nous la lumière absente
Dans l'ombre encor laissait et la terre et les Cieux.
O perspective ravissante,
Que j'allais contempler avant l'aube naissante !
O spectacle prodigieux !
Qu'une fois seulement il ait frappé les yeux,
Il n'est plus moyen qu'on l'oublie ;
Et depuis si long-temps que je n'ai vu ces lieux,
Ma mémoire en est fraîche et ma tête remplie.

Cependant, un attrait plus piquant et plus doux,
Cette société polie,
Ce charme, dont alors on était si jaloux ;
Cette fleur de gaîté, par l'esprit embellie ;
Cette aimable raison qui voyait sans courroux
Jusqu'aux grelots de la folie :
Ces dons si précieux, vous les unissiez tous.
De vous, ô Lyonnais, mon enfance accueillie,
De vos bontés enorgueillie,
Par ces nœuds m'attachait à vous.
Oui, FLEURIEU, PERNETTY, BORDES et LA TOURRETTE (5) ;
Et d'autres, dont les noms divers
Ne peuvent entrer dans mes vers,
Favoris des neuf Sœurs, qu'à bon droit je regrette,
Mais qui sont remplacés par des amis bien chers (6) ;
Et PARENT (7), du commerce honorable interprète ;

---

(5) Académiciens de Lyon en 1765 et 1766, temps dont parle l'auteur de l'Epître.

(6) MM. BERENGER, DELANDINE, etc., Académiciens actuels.

(7) M. PARENT, négociant célèbre à la même époque de 1765 à 1766.

Et des belles sans nombre, au regard enchanteur,
Dont un esprit orné fut aussi l'apanage ;
Et maint illustre personnage,
Qui maintenait son rang sans morgue et sans hauteur :
Tout cela, faisant cercle autour du jeune auteur,
Souriait à mon badinage.
D'une muse naissante, ô succès enivrant !
L'Académie, enfin, sur moi délibérant,
Voulut bien ne voir que mon âge ;
Elle m'admit : l'honneur sans doute était bien grand !
L'enfant qu'elle adopta par une grâce insigne,
A tâché de s'en rendre digne.
Le temps, qui s'enfuit en courant,
Les révolutions qui vont tout dévorant,
Aux Muses m'ont laissé fidèle.
Depuis ce moment signalé
Qu'avec transport je me rappelle,
Un demi-siècle est écoulé,
Et dans ce demi-siècle, en proie à maint orage,
Plus d'un siècle, en effet, s'est trouvé rassemblé.
L'inconstance du sort m'a souvent fait outrage ;
Elle ne m'a point accablé :
Au sortir de plus d'un naufrage,
Je reprenais ma lyre, et j'étais consolé.

Mais si j'ai valu quelque chose,
C'est à vous, je le sens, à vous que je le dois.
Justifier l'honneur de votre premier choix,
De tous mes efforts fut la cause :
Et par reconnaissance, aussi je me propose
De me remettre sous vos lois.
De moi-même toujours je suis en défiance ;
Mais je puis m'enhardir, puisqu'après cinquante ans
Je mets à nu ma conscience
Devant mes juges compétens.

Je touche au bout de ma carrière,
Et ne crois pas montrer d'orgueil
En disant que, sans baisser l'œil,
Je puis regarder en arrière.
On m'a nui quelquefois ; je ne l'ai pas rendu.
Attaqué trop souvent, je n'ai pas répondu.

Il est certains affronts dont on se glorifie !
Et d'ailleurs, si l'on doit lutter
Contre cette hydre de l'envie,
Ce n'est qu'en faisant mieux qu'il faut la réfuter :
Les momens sont trop chers dans cette courte vie,
Pour qu'on les perde à disputer.

Dans sa sphère, chacun doit choisir une tâche
Qui de ses facultés détermine l'emploi.
Pour moi, vers un seul but j'ai marché sans relâche;
J'ai fait du bien public mon étude et ma loi.
La culture des champs, avant tout, m'intéresse,
Et celle des jeunes esprits
M'occupe encor, dirai-je, avec plus de tendresse?
Oui, ce sont les goûts favoris
Ce sont les deux objets chéris
Qui me dérobent à moi-même.
Pardon, si je n'en puis parler
Qu'avec cette chaleur extrême
Qu'on ne saurait dissimuler
Quand il s'agit de ce qu'on aime !

Tantôt, je vais me joindre aux amis de Cérès (8),
Qui, réconciliant la campagne et les villes
Après nos tempêtes civiles,
De l'art de cultiver ont creusé les secrets.
Et peut-être, en montrant ce zèle salutaire
Qui remet le soc en honneur,
Avons-nous ramené plus d'un propriétaire
A la source du vrai bonheur.
ROZIER et PARMENTIER ont été nos modèles.
Ces illustres amis, nous les avons perdus !
Nous pouvons peindre au moins sous des couleurs fidèles
Les services qu'ils ont rendus,
Et montrer quels honneurs à leurs mânes sont dus.
Tous les deux, ils sont nos oracles;
Mais pour être juste envers eux,
Il faut connaître les obstacles
Qu'ils ont surmontés tous les deux.

---

(8) La Société Royale et centrale d'agriculture de Paris.

Les efforts les plus énergiques
Ont pu seuls accomplir leurs desseins généreux.

Sans peine, en des temps plus heureux,
Aux Romains, fatigués de leurs discords tragiques,
VIRGILE fit goûter les sons doux et nombreux
De ses divines Géorgiques.
Après avoir donné la paix à l'univers,
AUGUSTE inspira cet ouvrage,
Et MÉCÈNE, ami des beaux vers,
De solides bienfaits appuya son suffrage.
Le généreux Ministre et le sage Empereur,
Sur l'extinction de la guerre
Fondant le repos de la terre,
De chaque vétéran firent un laboureur.
Mais comment du bonheur champêtre
A ces nouveaux colons faire sentir l'attrait ?
S'ils n'avaient pas ce goût, comment le faire naître ?
En parlant à leur intérêt;
En leur montrant le prix d'un champ dont on est maître :
« Ce champ suffit à tout, lorsqu'il est bien soigné.
» De tous les emplois c'est peut-être
» Le plus doux que le Ciel à l'homme ait destiné.
» O laboureur trop fortuné !
» Oh! quels seront tes biens, si tu sais les connaître ! (9) »
VIRGILE ici rendait son propre sentiment.
Tranquille, loin de Rome, et près de la nature,
Des champs, dans les champs même, il traçait la peinture ;
Il travaillait paisiblement
Sous les remparts de Parthénope,
Au milieu d'un site charmant
Qui n'a pas d'égal en Europe.
Il n'était détourné par aucun autre soin......

Ah ! de tant de faveur nos Amis étaient loin :
Notre Ciel est moins pur, notre sol moins fertile ;
Leur tâche, on le conçoit trop bien,
En tout sens était difficile.

---

(9) *O fortunatos nimiùm, sua si bona nôrint,*
Agricolas !
VIRGILE, Georg.

D'aucun nouveau MÉCÈNE ils n'avaient le soutien.
Dans un siècle agité, pour eux qu'a-t-on fait? Rien!
Hélas! et quand la France eût été plus tranquille,
Les pauvres campagnards, de préjugés imbus,
Aveuglés par de vieux abus,
Auraient pu rester sourds même au chant de VIRGILE.

ROZIER leur adressa les plus sages avis.
Qui d'abord furent peu suivis :
Plus on est ignorant, plus on est indocile;
Disons tout! les colons dès long-temps asservis
A leur pratique routinière,
Seuls, ne pouvaient sortir de cette vieille ornière.
Leurs maîtres auraient dû s'éclairer les premiers,
Et se mettre en état de guider leurs fermiers.
Mais la mode chez nous avait d'autres idoles;
On enseignait des arts frivoles
Où l'on attachait un grand prix.
De la seule Charrue, étrangère aux écoles,
Personne n'avait rien appris;
Et des rangs élevés l'opinion gothique,
Loin d'honorer le soin du ménage rustique,
Le flétrissait de son mépris.
Dans cette barbarie et cette insouciance,
Quel métier malheureux que le premier des Arts!

Aidé de la physique et de l'expérience,
ROZIER en fit une Science,
Et ne forma qu'un corps de ses membres épars
Qu'il rassembla de toutes parts.
Cette idée était grande, et la publique estime
A l'auteur promettait, hélas!
La palme la plus légitime.
Pouvait-il donc prévoir qu'il n'en jouirait pas?
De nos troubles affreux déplorable victime,
Il vit un coup fatal avancer son trépas (10).

---

(10) ROZIER, né à Lyon en 1734, fut tué par une bombe qui tomba dans son lit le 29 septembre 1793, pendant le siége de cette ville. Il n'avait pas achevé de publier son *Cours d'Agriculture*, si souvent réimprimé depuis.

Mais, du fond de sa sépulture,
Par l'autorité du savoir,
Dictateur de l'Agriculture,
Il promulgua son Code et le fit recevoir.
Comme un autre OLIVIER DE SERRES,
Il posa les bases premières
D'un livre qui sera sans cesse reproduit :
La France et l'Étranger s'en disputent le fruit.
On pare l'édifice., on le rend plus solide,
Et des matériaux on fait un meilleur choix ;
Mais c'est ROZIER qui sert de guide ;
C'est lui dont la pensée à l'ouvrage préside ;
C'est lui dont les conseils sont devenus des lois ;
Et la prévention, même la plus tétue,
Lui sait gré maintenant de l'avoir combattue.

Un grand bienfait public n'est jamais acquitté
Que par une posthume et tardive équité.
La Justice du temps marche à pas de tortue.
Ainsi, nous l'avons dit souvent,
A notre PARMENTIER il manque une statue
Qu'on devait lui dresser même de son vivant.
Empêchons qu'une indigne et lâche réticence
Etouffe ici la voix de la reconnaissance !
Souvenons-nous toujours que, sans se rebuter,
Sans craindre de se répéter,
Sa persévérance obstinée
Parvint à nous faire adopter
Une riche culture, avant lui trop bornée,
A Paris peu connue ou presque abandonnée.
Sa Racine, autrefois l'objet de nos dédains,
A sa voix quitta les jardins,
Couvrit des sols ingrats, les rendit profitables,
Et fut avec honneur admise sur les tables
Des Colons et des Citadins.
En tous lieux, grâce à lui, de nos jours elle abonde,
Rivale secourable et supplément du Blé ;
Mais si sa prévoyance eût été moins profonde ;
Si d'avance à-coup-sûr il n'eût pas calculé
Que par ce végétal, trésor du nouveau Monde,
Le produit de nos champs un jour serait doublé ;

Privés de la manne féconde
Qu'il préconisa quarante ans,
Qu'eussions-nous fait, grand Dieu, lorsqu'en ces derniers temps
Nous avons vu deux fois la hideuse Famine
Précipiter vers leur ruïne
Du Royaume épuisé les nombreux Habitans?
Ah! rendons grâce à la Racine
Qui seule prévint le danger!
Rendons grâce à celui qui sut la propager!
PARMENTIER, par ses soins pour sa plante chérie,
Deux fois, après sa mort, a sauvé sa Patrie.
Pour oser nous dire que non,
Il faudrait démentir la France toute entière.....

Mais qu'au défaut du marbre, enfin la PARMENTIÈRE (11)
Dans la langue française éternise son nom.
Faisons, par ce mot seul, rougir l'indifférence
Qui d'un ingrat oubli couvre la vérité!
Proclamons avec assurance
L'arrêt de la postérité!
Et puisse désormais la Muse de l'histoire,
N'ouvrant le Temple de Mémoire
Qu'à ceux qui s'y rendront par le même chemin,
Au fronton de ce Temple écrire de sa main:
« La seule véritable gloire
» Est de servir le genre-humain! »

Tantôt, quand sous leur Dôme illustre (12)
Après trente jours révolus,
Ce Mardi, depuis peu, couvert d'un nouveau lustre,

---

(11) Le *Solanum Tuberosum* est appelé par les uns *Pomme de terre*, et ce n'est pas une pomme; par d'autres, *Patatte*, et ce n'est pas une patatte; par d'autres encore, *Truffe*, et ce n'est pas une truffe. J'ai proposé, il y a déjà long-temps, de lui donner le nom de PARMENTIÈRE. Les circonstances de 1816 et de 1817 doivent consacrer cette dénomination.

(12) Le Dôme du Palais des beaux Arts, où s'assemblent les Académies qui composent l'Institut Royal de France.

Appelle les Quarante Élus (13);
J'aime à voir des neuf Sœurs la famille assemblée.
J'observe avec quel soin leur cadence réglée
A nous intéresser doublement réussit,
Tantôt en action, et tantôt en récit (14).
Quelle admirable symphonie
Leur accord mutuel fait entendre en ces lieux !

Clio, Calliope, Uranie,
Parcourent et la terre, et les mers, et les cieux,
Et portent hardiment le flambeau du génie
Dans l'ame des Héros et les conseils des Dieux.

Euterpe, Erato, Polymnie,
Font chanter les bergers, font plaindre les amans;
L'oreille s'ouvre aux traits de leur douce harmonie,
Et le cœur à leurs sentimens.
Souvent la vérité, de l'Histoire bannie,
Se retrouve dans leurs romans.

Avec plus d'art encor, Thalie et Melpomène,
En tableaux sous nos yeux mettant la vie humaine,
Déguisent en plaisir une double leçon.
Terpsichore, en dansant, avec elles s'allie.
C'est ainsi qu'autrefois, aux bords de Castalie,
Ces neuf Vierges en chœur chantaient à l'unisson.

Leur mélodie enchanteresse
M'attire à ces concerts charmans,
Des amis d'Apollon nobles délassemens;
Et, secouant comme eux l'odieuse paresse,
Oh ! combien j'aurais désiré
De partager leur docte ivresse,

---

(13) La séance du premier mardi de chaque mois a été destinée par l'Académie Française à des discussions de littérature et de grammaire. C'est à un pareil jour que l'Académie a entendu la première ébauche du poëme des *Tropes*.

(14) *Aut agitur res in Scenis, aut acta refertur.*

HORAT. De Art. poet. v. 179.

Oh ! que j'aurais voulu comme eux être inspiré,
Quand je me suis aventuré
Dans le projet, peut-être un peu trop didactique,
D'offrir à la jeunesse, en langue poétique,
Les lois du style figuré !
Un dessein si nouveau n'avait pas de modèle;
Mais, en blâmant l'audace, on excuse le zèle,
Et cet espoir m'a rassuré.
L'on avait trop formé nos enfans pour la guerre.
Je me suis dit : « Enfin, les dieux sont satisfaits;
» Ils laissent respirer la terre;
» Ils nous ont vendu cher le plus grand des bienfaits;
» Mais, puisqu'ils ont de Mars suspendu le tonnerre,
» Reprenons les Arts de la paix.
» Prouvons qu'on peut en vers traduire DUMARSAIS ! ».

Déjà, le désir d'être utile
Sur-tout à nos jeunes Français,
Sur les mœurs comme sur le style
M'avait dicté d'autres essais.
La grammaire, autrefois péniblement futile,
Avait bien mérité qu'on lui fit son procès (15).
Des jeunes Ecoliers lassant la patience,
En leur criant : Marchez ! elle arrêtait leurs pas.
Elle disait : « Voici la clé de la Science ! »
Ils avaient beau tourner, cette clé n'ouvrait pas.
C'est ainsi que souvent leurs plus belles années
Sans fruit se traînaient jusqu'au bout;
Et que l'ennui qui flétrit tout,
Pour eux alongeant les journées,
De l'étude à sa suite amenait le dégoût.
A ces vieux Rudimens, fléaux du premier âge (16),
Même à cet antique A B C,

---

(15) L'auteur a fait une épitre sur la grammaire, où il insiste sur la nécessité et les moyens de simplifier l'enseignement des langues.

(16) Voyez l'Epitre de l'Auteur sur la Grammaire (Mercure de France, N°. 424, 2 septembre 1809).

Dont l'esprit humain fut vexé (17),
Je me suis opposé, non sans quelque courage.
L'enseignement était d'épines hérissé ;
J'en ai voulu du moins adoucir les disgraces.
D'autres achèveront ce que j'ai commencé ;
Les bons esprits suivront mes traces ;
Et le nom que j'aurai laissé,
Si d'un pareil espoir je puis être bercé,
Dans les Ecoles, dans les Classes,
Peut-être avec plaisir sera-t-il prononcé.

Mais je m'arrête à cette phrase ;
Et, de moi-même un peu surpris,
Je crains qu'une indiscrette emphase
De mes faibles travaux n'exagère le prix.
Jadis, la vanité fut un droit des poëtes.
Aux siècles à venir, de leur talent épris,
Parlant d'eux-mêmes en Prophètes,
Ils montraient des œuvres parfaites
Dans tous les monumens qu'ils avaient entrepris.
Sans manquer à la modestie,
HORACE, de sa lyre ayant la garantie,
S'écriait : « Oui, je vole à l'immortalité !
» De moi-même, après moi, la meilleure partie
» Vivra dans la postérité ;
» L'avare Libitine en doit être frustrée (18). »
D'une voix non moins assurée,
OVIDE a dit aussi : « Les Cieux me sont ouverts !

---

(17) Voyez *la Méthode pratique de Lecture*, ouvrage compris dans la liste officielle des livres élémentaires consacrés au premier degré d'instruction, etc., in-8, chez P. Didot l'aîné, an VII. L'Auteur est le premier qui ait détaillé comme écrivain, et recommandé comme Ministre, les procédés de l'enseignement mutuel et simultanée, et plusieurs autres améliorations du même genre.

(18) *Non usitatâ nec tenui ferar*
Pennâ, etc.

HORAT, Od. XX, L. II.

. . . . . *Multaque pars meî*
Vitabit Libitinam.

Idem, Od. XXX, L. III.

» De l'envie et du temps la fureur conjurée
» Ne peut plus effacer ni mon nom, ni mes vers;
» Je suis certain que leur durée
» Sera celle de l'univers (19). »
Mais qui peut imiter HORACE, ou même OVIDE?
Quel moderne, de gloire avide,
Oserait aujourd'hui, sur ce ton fastueux,
De ces lauriers futurs, qu'on peut mâcher à vide,
Afficher si crûment l'espoir présomptueux?
Manquerais-je moi-même aux lois que j'ai prescrites?
Quand les choses sont si petites,
Faut-il des mots si grands et si démesurés?
Loin de moi l'hyperbole! En d'étroites limites
Mes derniers vœux sont resserrés;
Par ta lettre, DUMAS, ils me sont inspirés.

Si notre Académie à mon dernier ouvrage
Peut donc sur ton rapport accorder son suffrage,
De rechef en son sein je me crois appelé;
C'est un second Hymen, dont la fête touchante
Mérite bien que je la chante:
Car ce lien renouvelé,
A ma muse, aujourd'hui plus que sexagénaire,
Procure le bonheur, qui n'est pas ordinaire,
De célébrer son Jubilé.

---

(19) . . . . *Super alta perenni*
Astra ferar, nomenque erit indelebile nostrum.
OVID. Metam. 15, in fine.

www.ingramcontent.com/pod-product-compliance
Ingram Content Group UK Ltd.
Pitfield, Milton Keynes, MK11 3LW, UK
UKHW020502220726
13923UKWH00006B/2703